Our new baby arrived today.
I'm a big sister now, hooray!

Nuestro nuevo bebé llegó hoy.
¡Una hermana mayor, eso soy!

I used to be
a little baby, too.
But now I'm big!
Look what I can do!

Una bebé yo solía ser.
¡Pero ahora soy grande!
¡Mira todo lo que
puedo hacer!

I can help when baby feeds.
And always find what baby needs.

Ayudo cuando es hora de comer.
Y busco lo que se pueda ofrecer.

Dirty diaper, yuck! Let's see . . .

Un pañal sucio, ¡puaj! Otro buscaré...

Here's a clean one found by me!

¡Aquí hay uno limpio que encontré!

Mommy and Daddy say I'm clever
and that I'm the best big sister ever!

¡Mamá y papá dicen que soy muy lista
y que una hermana como yo nunca ha sido vista!

When we cuddle,
the baby wriggles!
Give a tickle—baby giggles!

¡Cuando nos abrazamos,
el bebé se menea!
¡Si le hago cosquillas, carcajea!

Splish-splash bath
is lots of fun!
Bubbles, washing,
and then we're done!

¡Plis, plas,
el baño es una alegría!
¡Burbujas, bañarse
y se termina el día!

When baby sleeps, shhh, no noise.
I quietly play with all my toys.

Cuando el bebé duerme, todos calladitos.
Mis juguetes y yo jugamos suavecito.

But if baby wakes with cranky cries,
I softly sing sweet lullabies.

Pero si el bebé se despierta llorando,
yo puedo calmarlo cantando.

And as baby grows, we'll play together.
Because I'm a big sister forever!

Cuando el bebé crezca, jugaremos cada día.
¡Porque seré su hermana mayor toda la vida!